Charles Gravier de Vergennes

Geheime Polizeischrift des Grafen von Vergennes

Charles Gravier de Vergennes

Geheime Polizeischrift des Grafen von Vergennes

ISBN/EAN: 9783741123665

Hergestellt in Europa, USA, Kanada, Australien, Japan

Cover: Foto ©Andreas Hilbeck / pixelio.de

Manufactured and distributed by brebook publishing software
(www.brebook.com)

Charles Gravier de Vergennes

Geheime Polizeischrift des Grafen von Vergennes

Geheime
Polizey-Schrift

des
Grafen von Vergennes

als

ein Beweis

der

feinen Politik des ehemaligen Kabinets
in Versailles

unter der Regierung

des

unglücklichen Königs
Ludwigs des Sechszehnten.

Mit Kupfern.

Eisenach.
Bei Johann Georg Ernst Wittekindt.
1793.

Da ganz Europa an dem traurigen Schickfale
des unglücklichen Königs von Frankreich, Ludwigs
des XVI. den schmerzlichſten Antheil genommen hat:
— und welcher Redliche, aus welchem Lande und
von welcher Religion er auch ſey, ſollte nicht den
tiefſten Schmerz empfinden, wenn er in unſern Zei-
ten, die man doch für aufgeklärt hält, erleben muß,
daß ein König, der ſeine Unterthanen mehr als ſich
ſelbſt liebte und dieſes auch noch ſterbend bewies, daß
ein ſolcher König, der für ſeine Perſon nie etwas,
wenigſtens nie mit Vorſatz, verbrochen hatte, von
ſeinen eigenen Unterthanen auf der Blutbühne hin-

ge-

gerichtet wird? — — so kann man mit Recht hof-
fen, daß das Publikum alles dasjenige, was über die
Regierung dieses unglücklichen Königs einiges Licht
verbreitet, nicht gleichgiltig aufnehmen werde.

Unter den Ministern, deren sich Ludwig XVI.
bediente, war der Graf von Vergennes einer der be-
rühmtesten, ja! er war im Grunde der lezte, der die
französische Königswürde noch in ihrem alten Glanze
zu erhalten und vor Kränkungen zu schützen wußte.
Welcher Hof, welcher Minister, welcher denkende
Weltbürger, sollte also nicht begierig seyn, die Triebfedern kennen zu lernen, durch welche Vergennes,
dieser feine Politiker, Frankreichs Staatssystem auf-
recht zu erhalten wußte?

Ich habe nicht so viel Einsicht in die Staats-
kunst und in Frankreichs geheime Geschichte, daß ich
alle diese Triebfedern anzeigen könnte, ob ich gleich
Gelegenheit gehabt habe, mehrere besondere Nachrichten von Frankreichs innerem System zu erfahren,
als mancher andere zu wissen sich rühmt; aber e i n e
von den Triebfedern, deren sich Vergennes bediente,

unt

um das Staatsruder von Frankreich mit Glück zu
regieren, ist mir aus ächten Quellen bekannt gewor-
den und diese Triebfeder ist seine geheime Polizey-
Schrift, die ich hier dem Publikum mittheile.

Schon in den lezten Regierungsjahren Ludwigs
XV. fieng das Kabinet zu Versailles an, eine geheime Polizey-Schrift einzuführen, die aber erst durch
den Grafen von Vergennes, unter der Regierung des
unglücklichen Königs, Ludwigs des Sechszehnten, eine solche Ausdehnung und Vollkommenheit erhielt,
wie man sie von diesem feinen Staatsmanne erwar-
ten konnte, und da er es hauptsächlich war, der sich
um die bessere Einrichtung und Vervollkommnung
dieser geheimen Polizey - Schrift verdient gemacht
hatte: so wurde sie auch nach seinem Namen die geheime Polizey-Schrift des Grafen von Vergennes
genannt.

Vergennes vertraute diese geheime Polizey-
Schrift jedem Minister Frankreichs, besonders jedem
Ambassadeur, Residenten, Consul und Agenten, der
von Frankreich an auswärtige Höfe, Freystaaten und

Reichs-

Reichsstädte geschickt wurde, als ein Staatsgeheim-
niß an, mit dem Auftrage, sich dieser geheimen Polizey-Schrift in allen Empfehlungs-Schreiben zu bedienen, die ihnen von Fremden, welche nach Paris
reisen wollten, abgefordert werden würden.

Bekanntlich ließen sich sonst Herzoge, Fürsten,
Grafen, Freyherrn, Offiziere, Gelehrte, Kaufleute
und andere Privatpersonen von Bedeutung, wenn sie
nach Paris reisen wollten, von demjenigen französischen Gesandten oder Residenten, der ihnen am näch-
sten wohnte, Empfehlungs-Schreiben geben, um in
Paris desto besser aufgenommen zu werden und bald
in große Zirkel zu kommen. Es hielt auch gar nicht
schwer solche Empfehlungschreiben zu erhalten, denn
Vergennes hatte es jedem Gesandten, Residenten,
Consul und Agenten ausdrücklich anbefohlen, jedem,
der es verlangen würde, ein solches Empfehlungs-
Schreiben zu ertheilen und den Fremden allemal an
ihn, den Vergennes selbst, zu empfehlen.

Sobald nun Fremde von einem Gesandten Em-
pfehlungen verlangten, zog der Gesandte so viel Nach-
richs-

richten von den Umständen der Fremden ein, als er
erfahren konnte und stellte dann die Empfehlungs-
Schreiben aus. Diese Empfehlungs - Schreiben wa-
ren sehr einfach, in Rücksicht der Form, Grösse und
Einrichtung den Visiten-Billets vollkommen ähnlich,
und wurden, um allen Verdacht zu verhüten, den
Fremden offen überreicht. Hatte ein Fremder, der
nach Paris kam, ein solches Empfehlungs-Billet: so
ließ ihn Vergennes sicher vor sich, nahm das Billet
in Empfang, und unterhielt sich wenigstens einige
Minuten lang mit dem Fremden, der oft, wenn er
es so verdiente, leider! nicht wußte, daß dieses Empfehlungs - Billet so gut, wie ein Urias-Brief oder
ein Lettre de Cacher war. Denn sobald sich der Fremde entfernt hatte, nahm Vergennes den Schlüssel seiner geheimen Polizey-Schrift zur Hand und entzif-
ferte das Empfehlungs-Billet, auf dem kein Zug,
kein Strich, kein Punkt ohne Bedeutung war, und
fand in diesem Billet, welches den Fremden nach allen seinen Umständen und Verhältnissen schilderte,
ohne daß dieser das Geringste davon merken konnte,

nicht

nicht blos den Namen des Fremden, sondern auch
das Land, wo er her war, die Schilderung seiner
Gesichtszüge, seines Wuchses, seiner Gestalt, alle kör-
perliche Fehler, er fand darinn, ob der Fremde sein
eignes Haar oder eine Perucke trug, ob er verheyrathet oder ledig, arm oder reich, wie auch von welcher Religion er war, sogar das Alter, der Stand,
das Temperament, der Charakter, die Tugenden und
Laster, die Kenntnisse und der Grad derselben, die
Absicht der Reise des Fremden, wozu er zu brauchen
sey und in wie fern man sich vor ihm zu hüten habe,
war in diesem Empfehlungs-Billet auf das genaueste bestimmt.

Dieses Mittel verschaffte dem Vergennes die
genaueste Kenntniß von allen Fremden, die sich nur
in Paris aufhielten, und wie groß war nicht sonst da-
selbst die Menge derselben? Nach dieser Kenntniß,
die er von ihrem Charakter, Umständen und Absich-
ten erhielt, könnte er nun seine Maasregeln nehmen;
er wußte, wie er sich gegen jeden benehmen, was er
bey jedem befördern oder verhindern sollte, wozu er

ihn

ihn brauchen und was er durch ihn ausrichten konnte. Hatte z. B. ein Fremder, der reich und ehrliebend war, in Paris ein Gesuch: so wurde er ab-
sichtlich lange aufgehalten, damit er viel Geld in
Paris zurückließ; einen Armen hingegen fertigte er
bald ab, damit er nicht Schulden machte und heim-
lich davon gieng; sahe Vergennes aus dem Empfehlungs-Billet, daß der Fremde ein Betrüger war:
so bekam die Polizey geheimen Befehl, das wachsam-
ste Auge auf ihn zu haben. Kurz, Vergennes wußte, als Politiker, aus diesem Kunstgriffe Tausend
Vortheile zu ziehen.

Aber, möchte man fragen, wozu befahl denn
Vergennes, daß in einem solchen Empfehlungs-Billet das eigene Haar, die Gesichtszüge, das Alter,
die Grösse, die Gestalt, die körperlichen Fehler und
mehrere solche Umstände angezeigt werden mußten,
die doch Vergennes ohnehin sehen konnte, sobald er
den Fremden sprach? — Diese Einwendung läßt
sich leicht beantworten. Es trägt sich gar oft zu,
daß einer, der nach Paris reisen will und sich in die-

ser

fer Abſicht von einem franzöſiſchen Geſandten ein Em⸗
pfehlungs⸗Billet geben läßt, noch unterwegs ſeine
Reiſeroute ändert und ſein Empfehlungs⸗Billet, da⸗
mit es doch nicht ungebraucht bleibt, einem andern
Freunde überläßt, der die Reiſe nach Paris macht
und dem mit einem ſolchen Empfehlungs⸗Billet eine
Gefälligkeit erwieſen wird. Um ein ſolches Empfeh⸗
lungs⸗Billet geltend zu machen und in Paris Ein⸗
gang zu finden, wird ſich ein Reiſender kein Beden⸗
ken daraus machen, den Namen desjenigen anzuneh⸗
men, auf den es zuerſt geſtellt war. In dieſem Fal⸗
le würde Vergennes getäuſcht worden ſeyn. Um alſo
einen ſolchen Betrug zu verhüten, befahl er, daß die
obigen Umſtände in dem Billet angezeigt werden muß⸗
ten, damit er den Fremden darnach prüfen und ſich
ſelbſt überzeugen konnte, daß dieſer wirklich dieſelbe
Perſon ſey, welcher der Geſandte das Billet gegeben
habe.

Vergennes hatte dieſer geheimen Polizey⸗Schrift
die möglichſte Ausdehnung gegeben, daß man die
kleinſten Umſtände durch ſie anzeigen konnte. Die

Ve⸗

Beſtimmung aller Abweichungen der verſchiedenen Temperamente machte allein eine ganze Tabelle aus. Durch dieſe genaue Beſtimmung aller Umſtände, war das franzöſiſche Original dieſer geheimen Polizey=Schrift biß auf 13 Bogen angewachſen, woraus das, was ich hier liefere, zwar nur ein Auszug iſt, der aber doch alles Weſentliche derſelben in der Kürze enthält und den Leſer in den Stand ſetzt, ſich von der ganzen Polizey=Schrift des Grafen von Vergennes eine richtige Vorſtellung zu machen.

Ueber die Frage: wie ich zu dieſen Nachrichten gekommen ſey? kan ich mich nicht herauslaſſen; ſondern nur verſichern, daß ſie aus ächten Quellen und ein getreuer Auszug aus dem gröſſern franzöſiſchen Original ſind.

Auch iſt es mein Beruf nicht, mich über die Moralität dieſes Mittels zu erklären; es würde ſich vieles wider, aber auch vieles für den Gebrauch deſſelben ſagen laſſen. Meines Erachtens kommt alles darauf an, ob die Miniſter, Geſandten u. ſ. w. die ſich deſſelben bedienen, rechtſchaffene und gewiſſenhaf=

te Männer ſud; dann wird ein ſolcher Kunſtgriff gu-
ten Menſchen nicht ſchaden und doch den böſen, wie
ſie es verdienen, das Spiel verderben.

Ich mache dieſe geheime Polizey-Schrift nur
aus der Abſicht bekannt, um theils dem Publikum
einen Beweis von der feinen Politik des ehemaligen
Kabinets zu Verſailles zu geben, theils diejenigen,
die ehedem mit einem ſolchen Empfehlungs-Billet
nach Paris reiſeten, zu belehren, was ſie eigentlich
an demſelben hätten, und andere, die ſich, um auf
Reiſen beſſer fortzukommen, noch um ſolche Empfeh-
lungen bemühen, aufmerkſam zu machen, daß ſie
nicht von jeder Empfehlung ohne Unterſchied Gebrauch machen.

Der Herausgeber.

Be-

Beschreibung
der
geheimen Polizey-Schrift
des
Grafen von Vergennes.

—→✕←—

Des verstorbenen Grafen von Vergennes in
Versailles seltene Erfindung einer geheimen Polizey-Schrift hatte folgende Einrichtung:

Vergennes befahl, daß jedes Empfehlungs-
Schreiben, welches einem französischen Gesandten abgefordert würde, die Form eines Visitten-
Billets haben und dem Fremden offen überreicht werden solle, damit dieser gar keinen Verdacht schöpfen könne.

Dieses Billet solle aber dem Fremden nicht
blos als Adresse und Empfehlung dienen, sondern auch zugleich demjenigen, an welchen er
empfohlen würde, alle Umstände des Fremden
entdecken. Um dieses zu bewirken, verordnete
er Folgendes:

Erste

Erste Tabelle.

A) Aus welchem europäischen Staate oder Lande der Fremde sey, soll aus der Farbe des Papiers erkannt werden können.

B) Wie die äusserlichen Umstände des Fremden beschaffen sind, soll durch die Einfassung des Empfehlungs-Billets angezeigt werden.

C) Auch die Absicht des Reisenden soll aus der Einfassung erkannt werden können.

D) Die Religion des Fremden soll durch das gleich nach seinem Namen zu setzende Unterscheidungszeichen ausgedrückt werden.

E) Den inneren Charakter des Reisenden soll man an dem unter seinem Namen zu stellenden Zuge erkennen können.

F) Die Kenntnisse des Fremden sollen durch Zahlen ausgedrückt werden, die so geordnet werden, daß sie der Fremde für die Nummer des Billets ansieht und keinen Verdacht schöpfen kann.

Hier

Hier folgt die Ausführung aller einzelnen Abschnitte.

A) Aus welchem europäischen Lande oder Staate der Fremde sey, soll aus der Farbe des Billets erkannt werden können.

1. Ist die Farbe des Billets
   Weiß: so bedeutet sie   Portugall.

2. : Roth : : :   Spanien.

3. : Blau : : :   Frankreich.

4. : Gelb : : :   England.

5. : Grün : : :   Holland.

6. : Grau : : :   Sardinien.

7. : Weiß / Roth   { d. i. wenn die obere Hälfte des Papiers Weiß, u. die untere Hälfte Roth ist, so bedeutet dieses: }   Parma.

8. : Weiß / Blau : : :   Modena.

9. : Weiß / Gelb : : :   Venedig.

10. : Weiß / Grün : : :   Genua.

Ist die Farbe des Billets

11. ⸱ $\dfrac{\text{Weiß}}{\text{Grau:}}$ so bedeutet sie **Lucca.**

12, ⸱ $\dfrac{\text{Roth}}{\text{Weiß}}$ ⸱ ⸱ ⸱ **Florenz.**

13. ⸱ $\dfrac{\text{Roth}}{\text{Blau}}$ ⸱ ⸱ **Kirchenstaat.**

14. ⸱ $\dfrac{\text{Roth}}{\text{Gelb}}$ ⸱ ⸱ **Beyde Sicilien.**

15.⸱⸱ ⸱ $\dfrac{\text{Roth}}{\text{Grün}}$ ⸱ ⸱ **die Schweitz.**

16. ⸱ $\dfrac{\text{Roth}}{\text{Grau}}$ ⸱ ⸱ ⸱ **Maynz.**

17. ⸱ $\dfrac{\text{Blau}}{\text{Weiß}}$ ⸱ ⸱ ⸱ **Trier.**

18. ⸱ $\dfrac{\text{Blau}}{\text{Roth}}$ ⸱ ⸱ ⸱ **Köln.**

19. ⸱ $\dfrac{\text{Blau}}{\text{Gelb}}$ ⸱ ⸱ ⸱ **Böhmen.**

20.

Ist die Farbe des Billets

20. : $\dfrac{\text{Blau}}{\text{Grün:}}$ so bedeutet sie Pfalz-Bayern.

21. : $\dfrac{\text{Blau}}{\text{Grau}}$: : Sachsen.

22. : $\dfrac{\text{Gelb}}{\text{Weiß}}$: : Preußen.

23. : $\dfrac{\text{Gelb}}{\text{Roth}}$: : Hannover.

24. : $\dfrac{\text{Gelb}}{\text{Grün}}$: : Das Land eines geistliché Reichs-fürsten.

25. : $\dfrac{\text{Gelb}}{\text{Grau}}$: : Das Land eines weltl. Reichsfür-sten kathol. Rel.

26. : $\dfrac{\text{Grün}}{\text{Weiß}}$: : Das Land eines weltl. Reichsfür-sten evangel. Rel.

27. : $\dfrac{\text{Grün}}{\text{Roth}}$: Jede Reichsstadt.

28. : $\dfrac{\text{Grün}}{\text{Blau}}$: : Dännemark.

Ist die Farbe des Billets

29.	$\dfrac{\text{Grün}}{\text{Gelb:}}$	so bedeutet sie	Schweden.
30.	$\dfrac{\text{Grün}}{\text{Grau}}$	⸳ ⸳	Rußland.
31.	$\dfrac{\text{Grau}}{\text{Weiß}}$	⸳ ⸳	Pohlen.
32.	$\dfrac{\text{Grau}}{\text{Roth}}$	⸳ ⸳	Türkey.
33.	$\dfrac{\text{Grau}}{\text{Blau}}$	⸳	Inner-Oestreich.
34.	$\dfrac{\text{Grau}}{\text{Gelb}}$	⸳ ⸳	Ungarn.
35.	$\dfrac{\text{Grau}}{\text{Grün}}$	⸳	Oestreichisch Pohlen.

36. ⸳ Weiß|Roth (d. i. die linke Hälfte d. Billets Weiß u. die rechte Hälfte Roth) bedeutet } Oestreichisch Niederlande.

37. ⸳ Weiß|Blau ⸳ Oestreichisch Italien.

38. ⸳ Weiß|Gelb ⸳ ⸳ Mähren.

39. ⸳ Weiß|Grün ⸳ ⸳ Tyrol.

40. ⸳ Weiß|Grau ⸳ Vorder-Oestreich.

B) Wie

B) Wie die äusserlichen Umstände des Fremden beschaffen sind, soll durch die Einfassung des
Empfehlungs-Billets angezeigt werden. Diese
Einfassung ist hier nur im Kleinen und mit ein-
fachen Linien abgebildet, wird aber in der Ausfüh-
rung mit mehreren Linien und so groß gemacht,
als es das Billet leidet, wie die nachfolgenden
Beyspiele solcher Empfehlungs-Billets lehren.

a) Das Alter der Personen wird durch folgende Figuren der Einfassung ausgedrückt:

Ist die Person   so wird die Einfassung

1) bis 25 Jahr alt: ⸰ ein Zirkel

2) ⸰ 35 ⸰ ⸰ ein Oval

3) ⸰ 45 ⸰ ⸰ ein Achteck

4) ⸰ 55 ⸰ ⸰ ein Sechseck

5) ⸰ 60 ⸰ ⸰ ein Viereck

6) ⸰ über 60 ⸰ ein längliches Viereck

B 2   b) Der

b) Der Wuchs der Person wird entweder durch gerade oder wellenförmige Linien der Einfassung ausgedrückt, die entweder weit von einander oder etwas enger oder ganz nahe an einander stehen.

1) Ist die Person groß und zugleich schön gewachsen: so wird die Einfassung mit doppelten Linien gemacht, die weit auseinander stehen und wellenförmig gezeichnet sind, als:

2) Ist die Person groß, aber schlecht gewachsen: so wird die Einfassung zwar mit eben so weit auseinanderstehenden, aber nur geraden Linien gemacht, als:

3) Ist die Person von mittelmäßiger Größe und schön gewachsen: so werden die Linien etwas enger an einander gesetzt und die wellenförmige Einfassung von Nr. 1. genommen.

4) Ist die Person mittelmäßig groß, aber schlecht gewachsen: so werden die Linien etwas
was

was enger, gerade so wie bey Nr. 3. an einander geſetzt, und die Einfaſſung mit geraden Linien, wie bey Nr. 2, genommen.

5) Iſt die Perſon klein, aber ſchön gewachſen: ſo werden die Linien ganz enge an einander geſetzt und die wellenförmige Einfaſſung von Nr. 1. genommen.

6) Iſt die Perſon klein und ſchlecht gewachſen: ſo werden die Linien ganz enge, wie bey Nr. 5., an einander geſetzt, und mit geraden Linien, wie bey Nr. 2., gemacht.

7) Iſt die Perſon bucklicht: ſo wird an beiden Seiten der Einfaſſung ein beliebiger Zierrath angebracht.

8) Iſt die Perſon krumm oder ſchief gewachſen: ſo wird unten an der Einfaſſung ein Zierrath angebracht.

9) Iſt die Perſon lahm: ſo wird oben über dem Geſichtszeichen oder auch über der Muſchel ein Zierrath angebracht.

c) Die

) Die Gesichtsbildung der Person wird durch folgende Symbole oder Gesichtszeichen ausgedrückt, die allemal oben in der Mitte der Einfassung angebracht werden.

1) Ist jemand schön und freundlich: so setzt man oben in die Einfassung : eine Rose.

2) Ist jemand schön und ernsthaft : : eine Tulpe.

3) Ist jemand mittelmäsig schön aber freundlich : : eine Sonnenblume.

4) Ist jemand mittelmäsig schön und ernsthaft : : eine Narzisse.

5) Ist das Gesicht garstig aber doch freundlich : : ein Satirskopf.

6) Ist das Gesicht häßlich und ernsthaft : : einen gehörnten Widderkopf.

7) Hat die Person einen Augenfehler: so werden über das Gesichtszeichen ein oder zwey schwarze Punkte gesetzt.

d) Andere äusserliche Umstände und Verhältnisse des Fremden werden durch folgende Zeichen ausgedrückt:

1) Ist

1) Ist die Person verheyrathet: so wird um die Einfassung bis an die unterste Seite derselben, ein Band gewunden.

2) Ist sie unverheyrathet: so wird das Band weggelassen:

3) Ist sie reich: so werden um die Einfassung herum 12 Knöpfe angebracht.

4) Ist sie nicht arm: so werden vier Knöpfe an schicklichen Orten um die Einfassung herum angebracht.

5) Ist sie arm: so werden gar keine Knöpfe angebracht.

6) Trägt sie eine Pe= rucke: so wird eine Muschel hingezeich= net, die hinter dem Gesichtszeichen her= vorragt.

7) Trägt sie eigenes Haar: so wird die Mu= schel weggelassen.

C) Die Absicht des Reisenden soll eben= falls aus der Einfassung erkannt werden können.

1) Ist

1) Iſt die Abſicht der Reiſe eine Heyrath: ſo wird das Band nur bis zur Hälfte der Einfaſſung umwunden.

2) Sucht jemand ein geiſtliches Amt: ſo wird unten zwiſchen die Einfaſſungslinien, dem Geſichtszeichen gegenüber, ein kleiner Zir= kel oder eine Null geſetzt.

3) Sucht jemand Civildienſte: ſo ſetzt man zwiſchen die Einfaſſungslinien zwey kleine Zirkel, die oben auf beyden Seiten des Geſichtszeichens zu ſtehen kommen.

4) Sucht jemand Kriegsdienſte; ſo werden zwiſchen den Einfaſſungslinien vier kleine Zirkel ſymmetriſch angebracht.

5) Hat jemand Wechſel=Geſchäfte: ſo wer= den ſechs kleine Zirkel zwiſchen den Einfaſ= ſungslinien in gehöriger Weite von einan= der angebracht.

6) Reiſet jemand zur Luſt; ſo werden acht kleine Zirkel zwiſchen die Einfaſſungslinien geſetzt.

7) Reiſet jemand auf Speculationen oder aus kaufmänniſchen Abſichten: ſo wird unten, dem Geſichtszeichen gegenüber, ein klei=

kleines Oval zwischen die Einfaſſungslinien geſetzt.

8) Reiſet jemand als Gelehrter, um Kenntniſſe einzuſammeln: ſo werden oben zwey kleine Ovale auf beyden Seiten des Geſichtszeichens zwiſchen den Einfaſſungslinien angebracht.

9) Hebt jemand eine Erbſchaft: ſo werden vier kleine Ovale in gleicher Weite von einander angebracht.

10) Beſucht jemand Verwandte: ſo werden ſechs kleine Ovale zwiſchen die Einfaſſungslinien geſetzt.

11) Reiſet jemand aus Staatsabſichten, z. B. mit geheimen Aufträgen eines andern Hofs: ſo werden acht kleine Ovale hingezeichnet.

12) Iſt die Abſicht der Reiſe unbekannt: ſo wird kein Zeichen zwiſchen die Einfaſſungslinien geſetzt.

D) Die Religion des Fremden ſoll durch das gleich an ſeinem Namen zu ſetzende Unterſcheidungszeichen ausgedrückt werden.

1) Iſt

Ist jemand	so wird nach dem Namen
1) ein Atheist:	kein Zeichen gesetzt.
2) - Naturalist: -	- ein Punkt -
3) - Katholik od. Grieche :	- ein Colon -
4) evangelischer Religion, u. zwar ein Lutheraner:	- ein Semicolon -
5) ein Reformirter:	- ein Komma -
6) ein Jude:	- ein Strich (—) gemacht.

E) Den innern Charakter des Reisenden soll man an dem unter seinem Namen zu stellenden Zuge erkennen können.

a) Und zwar die Geisteseigenschaften, als:

1) Einsicht, wird unter dem Namen durch dieses Zeichen ‿‿‿‿‿ ausgedrückt.

2) Einfalt und Dummheit: ———

3) Narrheit : ∿∿∿∿∿∿∿

4) Leichtsinn : ～～～～～

b) Her-

b) Herzenseigenschaften.

1) Ehrlichkeit, Ehrliebe und Redlichkeit wird dadurch ausgedrückt, daß man über dem Schlußzeichen, das unter dem Namen steht, zwey Striche „ macht.

2) Verschwiegenheit wird dadurch ausge= drückt, daß man an beyden Seiten des Schlußzeichens folgende Striche „ „ macht.

3) Ist jemand ein Betrüger: so setzt man unter das Schlußzeichen den Zug:

c) Haupt=Leidenschaften.

1) Ist jemand ein Spieler: so wird über das Schlußzeichen ein Punkt gesetzt.

2) Ist jemand verliebt: so wird unter das Schlußzeichen ein Punkt gesetzt.

3) Ist jemand ein Trinker: so wird unter das Schlußzeichen ein kleiner Strich — gemacht.

F) Die

F) Die Kenntniſſe des Reiſenden werden durch Zahlen ausgedrückt, die man ſo ordnet, daß ſie der Fremde für die Nummer des Billets anſieht und keinen Verdacht daraus ſchöpfen kann,

1. Bedeutet Gottesgelahrheit.

2. ⸗ ⸗ Rechtsgelahrheit.

3. ⸗ ⸗ Arzneywiſſenſchaft.

4. ⸗ ⸗ Naturkunde.

5. ⸗ ⸗ Staatskunde.

6. ⸗ ⸗ Mathematik.

7. ⸗ ⸗ Sprachen.

8. ⸗ ⸗ Schriftſtellerey.

9. ⸗ ⸗ Mechaniſche Künſte.

0. ⸗ ⸗ den geringen Grad in einer Wiſſenſchaft. Dieſe Null wird, wie leicht zu erachten, allemal nach der betreffenden Ziffer geſetzt.

Anmerkung 1.

Beſizt jemand Kenntniſſe in mehrern Wiſſenſchaften: ſo werden ſolche durch mehrere Zahlen ausgedrückt. Verſteht z. B. jemand Gottesgelahrheit und Na⸗ turkun⸗

turkunde: so erhält er beyde Zeichenzahlen, nemlich
1 und 4. Ist er in der Naturkunde stärker, als in
der Theologie: so wird die Zahl, welche die Naturkunde anzeigt, an die Stelle der Zehner, hingegen
die, so die Gottesgelahrheit anzeigt, an die Stelle
der Einheiten gesetzt, also 41. So würde die Zahl
564 anzeigen, daß jemand Kenntnisse in der Staatskunde, Mathematik und Naturkunde besäße, aber
in der Staatskunde stärker sey, als in der Mathematik und Naturkunde, denn die 5 als das Zeichen
der Staatskunde steht in der Stelle der Hunderte;
daß er ferner in der Mathematik stärker, als in der
Naturkunde sey, denn die 6 als das Zeichen der
Mathematik steht an der Stelle der Zehner, aber
die 4 als das Zeichen der Naturkunde steht an der
Stelle der Einheiten.

Anmerkung 2.

Ist die Zahl mit ——— unterzogen: so kennt die
Person das Wahre und Wesentliche in den ange-
zeigten Wissenschaften; fehlt aber dieses Zeichen
unter der Zahl: so kennt die Person nicht Wahrheit.

Er

Erklärung
des
erſten Beyſpiels
nach der
vorhergeſchickten Anweiſung.

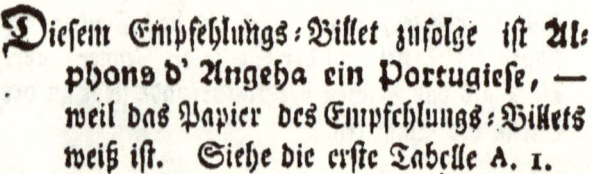

Dieſem Empfehlungs-Billet zufolge iſt Al-
phons d' Angeha ein Portugieſe, —
weil das Papier des Empfehlungs-Billets
weiß iſt. Siehe die erſte Tabelle A. 1.

Er iſt unter 45 Jahren — denn die Einfaſſung des Billets iſt ein Achteck. Siehe
die erſte Tabelle B. a. 3.

Er iſt groß von Perſon, — denn die Einfaſſung iſt breit.

Aber ſchlecht gewachſen, — denn die Einfaſſung beſteht aus graden Linien. Siehe
die erſte Tabelle B. b. 2.

Seine Geſichtsbildung iſt nur mittelmäſig
ſchön, aber doch freundlich, — das
zeigt

zeigt die Sonnenblume oben in der Mitte
der Einfassung an. Siehe die erste Tabelle B. c. 3.

Er ist verheyrathet, — denn die Einfassung
ist mit einem Bande umwunden. Siehe
die erste Tabelle B. d. 1.

Er ist auch nicht arm, — das zeigen die vier
Knöpfe an den Ecken der Einfassung an.
Siehe die erste Tabelle B. d. 4.

Er trägt eigenes Haar, — denn es ragt keine Muschel hinter der Sonnenblume hervor.
Siehe die erste Tabelle B. d. 7.

Er sucht Kriegsdienste, — das zeigen die
vier kleine Zirkel zwischen den Einfassungslinien an. Siehe die erste Tab. C. 4.

Er ist katholischer Religion, — das zeigt
das : Colon hinter seinem Namen an.
Siehe die erste Tabelle D. 3.

Er ist leichtsinnig, — das zeigt das Zeichen ∼∼∼ gleich unter seinem Na-
men an. Siehe die erste Tabelle E. a. 4.

Besitzt aber doch Einsicht, — denn unter
dem Zeichen des Leichtsinns steht noch das
Zei-

Zeichen der Einsicht ⌣. Siehe
die erste Tabelle E. a. 1.

Er ist ehrliebend, denn über dem Zeichen des
Leichtsinns stehen zwey Striche „ . Sie=
he die erste Tabelle E. b. 1.

Er ist verliebt, — denn unter dem Schluß=
zeichen oder unter dem Zeichen der Einsicht
steht ein . Punkt. Siehe die erste Ta=
belle E. c. 2.

Er versteht Mathematik, Staatskunde
und Sprachen, aber Mathematik
hauptsächlich. Siehe die erste Tabelle
F. die Zahlen 6. 5. 7, nebst der Anmer=
kung 1.

Er kennt Wahrheit, — das zeigt das Zei=
chen ⌣ unter den Zahlen an. Siehe
die erste Tabelle F. Anmerkung 2.

Erklärung

des

zweyten Beyspiels

nach der

vorausgeschickten Anweisung.

Nach diesem Billet ist Esquire de Gray ein Engländer —, denn die Farbe des Papiers ist gelb. Siehe die erste Tab. A. 4.

Er ist 35 Jahr alt —, denn die Einfassung ist ein Oval. Erste Tab. B. a. 2.

Und groß von Person —, denn die Einfassungslinien stehen weit auseinander. Erste Tabelle B. b. 1.

Er ist schön gewachsen —, denn die Einfassung besteht aus wellenförmigen Linien. Erste Tab. B. b. 4.

C   Cr

Er ist schön von Gesicht, aber ernsthaft — , das zeigt die Tulpe oben in der Einfassung an. Erste Tab. B. c. 2.

Er ist verheyrathet — ; denn die Einfassung ist mit einem Bande umwunden. Erste Tab. B. d. 1.

Und sehr reich — , denn das Oval ist mit zwölf Knöpfen umgeben. Erste Tab. B. d. 3.

Er trägt eine Perucke — , denn hinter dem Gesichtszeichen, das ist, hinter der Tulpe, ragt eine Muschel hervor. 1. Tab. B. d. 6.

Er reiset als Gelehrter, um seine Renntnisse zu vermehren — , denn zwischen den Einfassungslinien, oben auf beyden Seiten der Tulpe, stehen zwey kleine Ovale. Erste Tab. C. 8.

Er ist evangelischer Religion — , denn hinter seinem Namen steht ein ; Erste Tabelle D. 4.

Und besitzt viel Einsicht — , denn unter seinem Namen steht das Schlußzeichen ‿ . Erste Tabelle E. a. 1.

Er

Er ist redlich — , denn über dem Schlußzeichen stehen zwei Striche „ . Erste
Tabelle E. b. 1.

Und verschwiegen — , denn das Schlußzeichen ist mit „   „ eingeschlossen. Erste Tabelle E. b. 2.

Liebt aber das Spiel — , denn über dem
Schlußzeichen steht, neben den zwei Strichen „ noch ein Punkt. Erste Tab. E. c. 1.

Er versteht Rechtsgelehrsamkeit — das
zeigt die 2 oben linker Hand des Billets
an. Erste Tabelle F. 2.

Und Staatskunde — , das zeigt die 5 an,
Erste Tabelle F. 5.

Er kennt Wahrheit —', denn die Zahlen
sind mit ‿ unterzeichnet. Erste Tabelle F. Anmerkung 2.

———————

Diese

Diefe Art der geheimen Polizey ⸗ Schrift hatte den Fehler, daß sie wegen der Zeichnung mühsam war und wenn sich viele Fremde zu gleicher Zeit solche Empfehlungs ⸗ Billets von einem französischen Gesandten ausbaten: so konnten sie nicht geschwind genug befriediget werden oder es verursachte doch viele Arbeit.

Vergennes veränderte daher diese geheime Polizey⸗Schrift in eine bloße Numerirung des Blatts, worauf der Name der ingeheim zu be⸗ schreibenden Person, nebst wenigen unverdächti⸗ gen Zeichen gesetzt wurde, wie folgende Tabelle lehrt:

Zwey⸗

Zweyte Tabelle.

——✕——

A. Die Leibeslänge einer Perſon wird durch die mannigfaltige Gröſſe des Buchſtaben N angezeigt, der auf einem Billet gewöhnlich ſo viel als Nummer bedeutet.

1) Iſt die Perſon groß: ſo wird ein ſolches **N** gemacht.

2) Iſt ſie von mittlerer Gröſſe: ſo wird ein ſolches N gemacht.

3) Iſt ſie klein: ſo wird ein ſolches n gemacht.

4) Weiß man ihre Leibeslänge gar nicht: ſo wird ein ſolches Π gemacht.

B. Ob

B. Ob die Perſon verheyrathet ſey oder nicht, wird dadurch angezeigt, daß das N entweder durchſtrichen oder nicht durchſtrichen wird.

1) Iſt die Perſon verheyrathet: ſo werden zwey Striche durch das

N̶ N̶ N̶ N̶ gemacht.

2) Iſt die Perſon nicht verheyrathet: ſo werden die Striche weggelaſſen.

3) Weiß man es nicht: ſo wird hinter das N eine Null geſetzt, als No. vermuthet man aber doch, daß ſie verheyrathet iſt: ſo werden noch zwey Striche durch das N gemacht, als N̶o. vermuthet man aber, daß ſie unverheyrathet iſt: ſo läßt man die zwey Striche weg.

C. Ob die Perſon eine Perücke oder eignes Haar trägt, wird durch das unter das N zu ſtellende Zeichen ausgedrückt.

1) Trägt

§. 1) Trägt die Person eine Perücke: so wird unter das N dieses Zeichen 〰 geſetzt.

2) Trägt ſie eigenes Haar: so wird unter das N dieses Zeichen —— gemacht.

3) Wenn man es nicht weiß: so wird gar kein Zeichen unter das N geſetzt.

D. Das Land, wo der Fremde her iſt, wird durch die Zahlen 1 bis 40, die in der erſten Tabelle unter A ſtehen, angezeigt. Iſt der Fremde aus einem Lande, das durch zwey Zahlen ausgedrückt werden muß, zum Beyſpiel durch 23 oder 40: so werden die Zahlen so enge an einander geſetzt, daß ſie ſich berühren, damit man weiß, daß ſie zuſammen gehören und daß beyde nur eine Sache anzeigen, als 23 oder 40.

E. Das

r. Das Alter des Fremden wird ebenfa
durch Zahlen ausgedrückt.

1	Bedeutet bis		25	Jahre.
2	:	: :	30	:
3	:	: :	35	:
4	:	: :	40	:
5	:	: :	45	:
6	:	: :	50	:
7	:	: :	55	:
8	:	: :	60	:
9	:	: über	60	:

G. Der Stand der Personen wird durch folgende Zahlen angezeigt:

1. zeigt an, daß die Person ein Geistlicher ist.

2.	:	:	:	:	Soldat :
3.	:	:	:	:	Künstler :
4.	:	:	:	:	Kaufmann
5.	:	:	:	:	Komödiant
6.	:	:	:.		Privat-Beamter
7.	:	:	:		Staats-Beamter
8.	:	:	Privatmann ohne Charakter
9	:	:	:	:	Werber

H. Die Kenntniße der Person werden durch die Zahlen, die in der ersten Tabelle unter F stehen, ausgedrückt.

I. Die Verschwiegenheit einer Person wird dadurch angezeigt, daß man die Zahlen, welche

das

das Land der Geburt (siehe die erste Tabel﹕
le A.) das Alter (siehe die zweyte Tabelle E.)
den Stand (siehe die zweyte Tabelle G.) und
die Kenntniſſe (siehe die erste Tabelle F.) an﹕
zeigen, mit „   „ einſchließt.   Iſt die
Verſchwiegenheit einer Perſon nicht bekannt,
oder iſt ſie plauderhaft: ſo, wird dieſes Zeichen
weggelaſſen.

K.   Was von einer Perſon nicht bekannt iſt,
wird durch dieſen Strich — oder durch eine
Null oder durch Punkte angezeigt.

L.   1.   Die Ehrlichkeit und Redlichkeit ei﹕
ner Perſon wird dadurch angezeigt, daß man
den Namen derſelben mit dieſem Zeichen ᨈ
unterzeichnet.

2. Iſt eine Perſon wegen der Redlichkeit ver﹕
dächtig: ſo unterzeichnet man ihren Na﹕
men mit ——————— einem langen gera﹕
den Strich.

3. Iſt

3. Iſt jemand ein Betrüger: ſo wird der Name auf dieſe Art 〰〰〰 unterzeichnet.

M. Die Religion einer Perſon wird durch eben die Zeichen angedeutet, die in der erſten Tabelle unter D. angegeben ſind.

N. Kennt die Perſon Wahrheit: ſo wird unter die Kenntniß- und Standeszahlen dieſes Zeichen ‿‿‿‿ geſetzt; beſitzt aber die Perſon keine Kenntniß der Wahrheit: ſo fehlt dieſes Zeichen unter den Kenntniß- und Stan-des-Zahlen.

Alle dieſe Zeichen und Zahlen werden auf dem Empfehlungs-Billet folgender-maaßen geordnet.

1) Linker Hand oben ſteht das Zeichen der Leibes-Größe, des Eheſtands und des Haares.

2) Gleich

2) Gleich darneben die National- und Al-
ters-Zahlen.

3) Neben diesen stehen acht Zahlen aus der
zweyten Tabelle F. als ein Rechnungs-
Bruch, vier Zahlen als Zähler und vier
Zahlen als Nenner, wodurch die Geistes-
kraft, Sinnesart, Hauptleidenschaft,
Vermögen, Leibeswuchs, Gesichtsbildung,
Minen und die Absicht der Reise angezeigt
werden.

4) Rechter Hand des Billets, oben, folgen
die Kenntniß- und dann die Standeszahlen.

5) In der Mitte des Billets steht der Name der ingeheim zu beschreibenden Person.

6) Gleich hinter dem Namen das Religions-
zeichen.

7) Unter dem Namen das Ehrlichkeitszeichen.

Hier folgen einige Beyspiele solcher Empfehlungs-Billets, die nach der zweyten Tabelle
entworfen sind.

Erstes

Erſtes Beyſpiel.

$$N_{o\,,,}207\,{,,}\frac{5467}{5671}{,,}\qquad {,,}5672{,,}$$

Frederic Adolph de Sprinthal:

Recommandé à Monſieur le Comte de Vergennes par le Comte de Riancourt,
Ambaſſadeur de France a la Cour
de Petersbourg.

Erklärung.

Dieſem Billet zufolge iſt Herr von Sprinthal groß von Perſon, weil der Buch-
ſtab N groß gezichnet iſt. (Siehe die zweyte Tabelle A. 1.

Ob er verheyrathet iſt, weiß man nicht,
das zeigt die Null nach dem N. an. (II.
Tab. B. 3. und K.

Ver-

Vermuthlich iſt er aber noch ledig: dieſe
Vermuthung wird dadurch ausgedrückt,
daß man durch das N keine Striche gemacht hat. (II. Tab. B. 3.)

Er trägt eine Perücke; das zeigt dieſer Zug
〜〜〜〜 unter dem N an. (II. Tab. C. 1.)

Er iſt aus Pfalzbayern gebürtig; das zei-
gen die zwey erſten an einander hängenden
Zahlen, nemlich 20, in 207, an. (I. Tab.
A. 20. und II. Tab. D.

Zwiſchen 50 und 55 Jahr alt; das zeigt
die dritte Zahl, nemlich die 7 in 207 an.
(II. Tab. E. 7.)

Er iſt verſchwiegen; das erkennt man aus
den Strichen „   „ womit die Zahlen eingeſchloſſen ſind. (2te Tab. I.)

Er beſitzt viel Einſicht; das erkennt man
an der 5 im Zähler des Bruchs. (II. Tab.
F. a. die erſte Reihe, ſuche 5.)

Er iſt von geſetztem Weſen; das zeigt die
4 im Zähler des Bruchs. (II. Tab. F. a.
die zweyte Reihe, ſuche 4.)

Aber

Aber ein Spieler; das zeigt die 6 im Zähler des Bruchs. (II. Tab. F. a. dritte Reihe, suche 6.

Und ist auch nicht arm; das zeigt die 7 im Zähler des Bruchs. (II. Tab. F. a. vierte Reihe, suche 7.)

Er ist schön gewachsen; das zeigt die 5 im Nenner des Bruchs. (II. Tab. F. b. erste Reihe, suche 5.)

Seine Gesichtsbildung ist nur mittelmässig schön; das zeigt die 6 im Nenner des Bruchs. (II. Tabelle F. b. zweyte Reihe, suche 6.)

Seine Miene ist ernsthaft; das zeigt die 7 im Nenner des Bruchs. (II. Tab. F. b. dritte Reihe, suche 7.)

Er sucht Kriegsdienste; das zeigt die 1 im Nenner des Bruchs. (II. Tab. F. b. vierte Reihe, suche 1.)

Er versteht Staatskunde; das zeigt die 5 rechter Hand des Billets. (I. Tab. F. suche 5.)

Auch

Auch Mathematik; das zeigt die 6 rechter Hand des Billets. (I. Tab. F. 6.)

Und Sprachen; das zeigt die 7 rechter Hand des Billets. (I. Tab. F. 7.)

Er ist ein Soldat; das zeigt die 2 rechter Hand des Billets. (II. Tab. G. 2.)

Er kennt Wahrheit; denn die Kenntniß= und Standes=Zahlen, rechter Hand des Billets, sind mit ‿‿‿ unterzeichnet. (II. Tab. N.)

Ist katholischer Religion; denn gleich hinter seinem Namen steht ein Colon. (I. Tabelle D. 3.)

Aber ein Betrüger; denn sein Name ist mit 〰〰〰 unterzeichnet. (II. Tab. L. 3.)

Zwey=

Zweytes Beyſpiel.

N ſſ $\frac{1346}{6937}$ **24**

Pierre Henri de Vlyten,

Recommandé à Monſieur le Comte de Ver-
g nnes par le Baron de Dampier,
Ambaſſadeur de France
à la Haye.

Erklärung.

Nach dieſem Billet iſt *Pierre Henri de Vlyten*
von kleiner Statur; das zeigt dieſes n
an. (2te Tab. A. 3.)

Und auch verheyrathet; das zeigen die zwey
Striche durchs n an. (2te Tab. B. 1.)

Er trägt eigenes Haar; denn unter dem n
ſteht das Zeichen ⌣ (2te Tab. C. 2.)

Und iſt von Geburt ein Holländer; das
zeigt die erſte 5, gleich nach dem n, in der
Zahl 55 an. (1ſte Tab. A. 5. u. 2te Tab. D.)

D   Es

Er ist 40 bis 45 Jahr alt; das zeigt die zweyte 5 in 55 an. (2te Tab. E. 5.)

Ob er viel oder wenig Einsicht hat, ist nicht bekannt; das zeigt die 1 im Zähler des Bruchs. (2te Tab. F. a. erste Reihe, s. 1.)

Er ist leichtsinnig; das zeigt die 3 im Zähler des Bruchs. (2te Tab. F. a. zweyte Reihe s. 3.)

Und verliebt; das zeigt die 4 im Zähler des Bruchs. (2te Tab. F. a. dritte Reihe, s. 4.)

Aber reich; das zeigt die 6 im Zähler des Bruchs. (2te Tab. F. a. vierte Reihe, s. 6.)

Er ist schief gewachsen; das zeigt die 6 im Nenner des Bruchs. (2te Tab. F. b. erste Reihe, suche 6.

Aber schön von Gesicht; das zeigt die 9 im Nenner des Bruchs. (2te Tabelle F. b. zweyte Reihe, suche 9.)

Seine Miene ist freundlich; das zeigt die 3 im Nenner des Bruchs. (2te Tab. F. b. dritte Reihe, suche 3.)

Er hat Wechselgeschäfte; das zeigt die 7 im Nenner des Bruchs. (2te Tab. F. b. vierte Reihe, suche 7.)

Ver

Verſteht Rechtsgelehrſamkeit; das zeigt die
2 rechter Hand des Billets an. (1ſte Tab. F. 2.)

Macht aber den Kaufmann; das zeigt die
4 rechter Hand des Billets an. (2te Tab. G. 4.)

Ob er Wahrheit kennt oder nicht kennt, iſt
unbekannt; denn die Kenntniß- und Stan-
des-Zahlen ſind nicht mit ——— unterzeichnet. (2te Tab. N.)

Es iſt auch nicht bekannt, ob er verſchwiegen iſt; denn die Zahlen ſind nicht mit „ „
eingeſchloſſen. (2te Tab. I.)

Er iſt reformirter Religion; das beweiſet
das Comma, welches hinter ſeinem Namen
ſteht. (1ſte Tab. D. 5.)

Und iſt ein ehrlicher Mann; denn unter ſei-
nem Namen ſteht dieſes Zeichen
(2te Tabelle. L. 1.)

Drit-

Drittes Beyspiel.

N „6— „$\frac{5239}{7246}$„ „759„

Seigneur de Saccarini.

Recommandé à Monſieur le Comte de Vergennes, par le Vicomte de Rocheforte,
Ambaſſadeur de France à la Cour
de Turin.

Erklärung

Nach dieſem Billet iſt der *Seigneur de Sacca-
rini* von mittelmäſſiger Gröſſe; weil das
א von mittlerer Gröſſe iſt. (2te Tab. A. 2.)

Und unverheyrathet; denn das N iſt nicht
durchſtrichen. (2te Tab. B. 2.)

Er trägt eine Perücke; denn das N iſt mit
unterzeichnet. (2te Tab. C. 1.)

Und iſt aus Sardinien gebürtig; das zeigt
die 6 nach dem N an. (2te Tab. D. und 1ſte
Tab. A. 6.)

Sein

Sein Alter weiß man nicht: das zeigt der Strich — nach der 6 an (2te Tab. K.)

Er besitzt viel Einsicht; das zeigt die 5 im Zähler des Bruchs (2te Tab. F. a. erste Reihe, suche 5.)

Ist von gesetztem Wesen; das zeigt die 2 im Zähler an. (2te Tab. F. a. zweyte Reihe, suche 2.)

Er liebt den Trunk; das zeigt die 3 im Zähler an. (2te Tab. F. a. dritte Reihe, suche 3.)

Und ist arm; das zeigt die 9 im Zähler des Bruchs. (2te Tab. F. a. vierte Reihe, suche 9.)

Er ist bucklicht; das zeigt die 7 im Nenner des Bruchs. (2te Tab. F. b. erste Reihe, suche 7.)

Und häßlich von Gesicht; das zeigt die 2 im Nenner des Bruchs. (2te Tab. F. b. zweyte Reihe, suche 2.)

Seine Miene ist ernsthaft; das zeigt die 4 im Nenner an. (2te Tab. F. b. dritte Reihe, suche 4.)

Er reiset mit geheimen Aufträgen; das zeigt die 6 im Nenner des Bruchs. (2te Tab. F. b. vierte Reihe, suche 6.)

Er

Er versteht Sprachen; das zeigt die 7 rechter Hand des Billets an. (1te Tab. F. 7.)

Auch Staatskunde; das zeigt die 5 rechter Hand des Billets an. (1te Tab. F. 5.)

Und ist ein Werber; das zeigt die 9 rechter Hand des Billets an. (2te Tab. G. 9.)

Er ist verschwiegen; denn die Zahlen sind „   „ eingeschlossen. (2te Tab. I.)

Er ist ein Naturalist; das zeigt der Punkt hinter seinem Namen an. (1te Tab. D.)

Er kenne nicht Wahrheit; denn die Kenntniß = und Standes = Zahlen sind nicht mit ———— unterzeichnet. (2te Tab. N.)

Und ist ein Betrüger; denn sein Name ist mit ⌒⌒⌒ unterzeichnet. (2te Tab. L. 3.)

Wenn man beyde Arten dieser von Vergennes erfundenen geheimen Polizey-Schrift mit einander vergleicht: so wird man leicht einsehen, daß zwar die letztere Art weit einfacher ist und weniger Mühe verursacht, weil weder Zeichnungen, noch farbigtes Papier dazu nöthig sind, aber sie ist auch nicht so unverdächtig, als die erste Art der geheimen Polizey-Schrift. Denn der Rechnungsbruch, der oben linker Hand des Billets steht, kann dem, welcher ein solches Billet bekommt, leicht befremdend vorkommen und zum Verdacht Veranlassung geben. Ich ziehe also die erste Art dieser geheimen Polizey-Schrift dennoch vor, weil in derselben das meiste durch eine Zeichnung ausgedrückt wird und nichts darinn zu finden ist, was einigen Verdacht erregen könnte.

Was ich hier geliefert habe, ist indessen nur ein getreuer Auszug aus der geheimen Polizey-Schrift des Grafen von Vergennes. Das französische Original derselben bestand aus 13 geschriebenen Bogen. Auf der ersten Tabelle stand der angenommene Name Bernard, nach welchem alle erdenkliche Namen, wie auch jeder Zustand der Personen behandelt werden sollte. Die zweyte Tabelle enthielt alle Abweichungen
der

der verschiedenen Temperamente u. s. w. Das ganze Original abzuschreiben, dazu fehlte nicht nur die Erlaubniß, sondern die Zeit, wie lange man das Original zur Befriedigung seiner Neugierde behalten durfte, war auch kurz anberaumet, daß man es nicht von Wort zu Wort abschreiben konnte, wenn man gleich gewollt hätte. Es blieb daher weiter nichts übrig, als das Wesentlichste und Wichtigste in einen Auszug zu bringen, der jedoch zureichend ist, sich von dem Ganzen eine richtige Vorstellung zu machen.

www.ingramcontent.com/pod-product-compliance
Lightning Source LLC
Chambersburg PA
CBHW021229260626
47172CB00002B/682